U0947027

最后的巨人

献给克莱尔

浪花朵朵

最后的巨人

[法] 法兰斯瓦·普拉斯 著　　陈太乙 译

北京联合出版公司
Beijing United Publishing Co.,Ltd.

买下这样物品时，我正在船坞码头上散步，而它将从此改变我的一生——一颗硕大的牙齿，上面布满了奇异的刻纹。将这颗牙齿卖给我的是个老水手，经年累月在船桅下的甲板上度日，肤色黝黑，华发霜白。根据他的说法，这颗牙是他在某次远征重洋、捕猎鲸鱼时，从一位马来西亚鱼叉手那里得来的。老水手开了个颇高的价码，称说："这可不是一颗用平庸的抹香鲸牙雕刻而成的加工品，而是一颗'巨人的牙齿'！"他一直带在身边当作护身物，要不是因为年纪老迈、生活拮据，他可舍不得脱手变卖。

我当然认为他在漫天扯谎，不过，那故事听来美丽动人，于是我花了两枚基尼*将它带走。

* 注：基尼（guinée），英国古货币，1 枚相当于 21 先令。

回家后，我立即着手研究这件新到手的物品。起初我兴奋好奇，难以按捺。慢慢地，好奇转变为惊讶，到了最后，我简直目瞪口呆。除了尺寸之外（它约为一颗拳头大小），这颗牙齿与任何成年人类的臼齿完全一样，毫无差别。

对于牙上密密麻麻的饰纹，我费尽心力，专注地观察了好几个月，精密仔细地反复研究。最后努力总算有了回报。在牙根的其中一个内面上，我发现了一张极小的地图，淹没在层层奇形怪状的图案下，几乎难以区辨。不过，整张地图清楚地呈现出一条河流、几道山脉和一块封闭的区域。根据我藏书中最古老的文献所描述，这只有一个可能，那里一定是位于黑河源头的“巨人国”。

我动手收拾行李，准备进行一趟长途旅行。

于是，公元 1849 年 9 月 29 日清晨，我——阿契巴德·雷欧波·罗特摩尔，与忠心耿耿的女管家亚美莉雅道别，拜托她悉心照料我在萨塞克斯的心爱家园，特别是工作室里那些讨喜的宝贝小玩意儿。

我的皮箱都被抬上了船，我也跟着爬上了牵系着船只甲板与英国老家领土的梯子。我们随即启航出发。

我们一出海，船长就下令扬起所有的船帆。我们的船只——一艘隶属印度群岛公司的老印度商船，威风凛凛，朝侧前方劈开波涛，乘着海风奔驰起来。

我的船舱狭小且令人作呕，每次船身稍有摇摆，木板隔门就爆出一阵惊天动地的嘎啦声响。尽管如此，通过随行带来的大量书籍资料，我仍努力钻研有关巨人国的一切。

夜幕低垂时，我总在甲板上平躺好几个小时，凝望星辰。浪花一波波迎面冲击船首，为艏柱缀饰泡沫，将我摇哄入睡。出现在我梦中的，是失落的世界、被遗忘的岛屿，与未知的大地。

抵达加尔各答。船舰靠港停泊，装载一批胡椒和肉桂。我则上岸寻找一位昔日同窗老友——明面上，他在印度本土借贸易潮发了大财，自称从锡兰到中国广东都拥有店铺和商船。不过，从他接待我的帆船来看，很明显地，他所从事的应该是偏向混水摸鱼的走私活动。无论如何，他是个低调又体贴的好人，让自己的翻译人员供我使唤，并载我到缅甸的马达班，一句话也没多问。事实上，我的确打算沿萨尔温江而上，再溯黑河而行。

翻译先生介绍了两位导游给我。拜这两人所赐，我不但花掉了大半盘缠，更耗去不少宝贵时间，浪费唇舌，为我的人马装备讨价还价。

我将人员分组，把二十来个健壮的士兵分派到两艘装载沉重的船上。第一艘船上载着粮食和扎营设备，听从一位熟悉该区域的船夫命令，在前开阵领路。我搭乘第二艘船在后跟随，围绕在身边的皆是我的珍贵要物：手表、罗盘、六分仪、猎枪、天文望远镜、一罐罐样本、保存植物标本的册子，还有几样其他零碎的小玩意儿——这些都是一名正直的旅行科学家所应有的最基本配备。

航行了两个月，没有遇上特别艰难的障碍，我们开始溯黑河而上。为了保持节奏，划桨手们扯着粗哑的嗓门，唱着一支单调乏味的曲子，歌声回荡在龙牙山苍凉阴森的山壁间，听来更令人心烦。

划抵河川上游，两侧峭壁挨得愈来愈近，水势也愈来愈猛烈，乘着一连串急流飞跃四溅。此时不把货物卸下船不行了。行李必须以人力搬运，克服千重难关，沿着蜿蜒陡峭的河岸前进。而我们那在暗礁间颠簸摇晃的小舟，也必须费尽臂膀之力，方能拉纤拖行。正执行这艰辛的苦差事的当口，两名纤夫突然被黑沉沉的涡流一口吞噬，惨遭灭顶。

往这条通道的上游望去，峭壁逐渐没入繁茂的植物枝叶中。丛林的瘴疠臭气笼罩，腐殖土与霉菌的沉重气味逼得我们透不过气。偶尔，出现一只猛虎在堤岸上来回晃荡，在我们经过时恶狠狠地长啸示警，随后遁入浓密的矮林，不见踪影。

我们在这幽暗的绿色隧道中航行了将近十五天。川流上尽是折断了的树枝与朽烂泰半的浮木，悬挂半空中的一根根藤条宛如幽灵的披散的长发。队员个个精疲力尽，怨声载道。我把大部分的人员送上小舟，自己则与较健壮的几名一起徒步前行，酬劳已先行谈妥，事后还有一笔丰厚的赏金等着他们。

抵达一座偏僻的野村，终于获得些许休息的机会。我拿两把惹尽麻烦的长枪，加上一小桶火药，向村民换来三头沉着安稳的水牛。即便挑荷行李的重担因此得以卸除，我们仍举步艰难。每一个白天皆大同小异，沉闷而阴郁；日复一日，潮湿闷热，仿佛身处玻璃缸中。我们一刻不得闲，必须大步跨过湿滑的树根，走过满地尖锐的让人踉跄的小石头，涉过水蛭成灾的沼泽泥泞，还得忍受虫蚁叮咬煎熬……至此，探险壮举演变成为浩劫一场。

利用中途歇憩的时间，我采集了一些花草鸟兽的标本。这个国度里栖息着许多珍贵品种的蝴蝶。为了悉心撰写日记，我不得不熬夜少眠。沿途路况实在太过艰辛，要想估算已行走了多少距离，根本是不可能的事。说实话，我这才发现，自己原来是个多么蹩脚的地理学家！为了自我补偿，我用精细的水彩画填满了每一册笔记本。遇上疲惫沮丧的时刻，我便紧紧握住巨人的牙齿，勇气顿时涌现重生。但我的伙伴们却缺乏此股力量相挺，他们的担忧之情愈来愈明显。他们犹豫迟疑，不敢继续往前，因为我们正位于蛮族领土之边界，这一支和蔼可亲的部落最喜欢从事的活动，只消三个字便能一语道尽——猎人头！

一天晚上，一阵叫嚷将我惊醒，那声音教人毛骨悚然。一丛巨型蕨类恰巧遮挡住我就寝之处。透过枝叶缝隙，我无力地目睹探险队人马惨遭屠杀。蛮族果非浪得虚名。他们无踪无影，无声无息，将营地团团围住，然后发动攻击，如响尾蛇般迅雷不及掩耳。我当初把长枪交给卫兵使用，他却连示警都来不及便已被杀身亡。整个伏击行动不到一分钟便告结束。蛮族撤退时亦神速无比，丛林顿时恢复一片虫声唧唧，猿猴聒噪。

我的脑中一片空白，心脏狂跳不已，收拾起残存的一点东西：手表、罗盘、笔记本、糖、茶、饼干，和一小罐亲爱的亚美莉雅特地亲手熬制的果酱。一见这瓶果酱，我眼中不禁泛出泪光。

回头折返，那等于死路一条。蛮族人始终在附近游荡寻事。在他们的骷髅收藏中，再加上一颗我这戴着高帽子的人头，想必绝不会有人反对。于是，我决定朝北前进，尽可能地保住自己的脑袋。地势持续升高。丛林景观逐渐转换成较为稀疏的植物生态。耸立在我眼前的是一整面雄伟的岩壁，一道山脉横在它上方，峰顶积雪闪闪发光。凭借我身边仅剩的存粮，想越过这样的险关，简直是痴人说梦。

疲累、饥饿与寒冷无时无刻都与我相伴，我能切身感受到它们对我的所有关注。我对它们百依百顺，理智于是动摇衰退。我自言自语：命运故意与我作对，朝我张牙舞爪，还有这颗该死的牙！于是我大笑起来，笑声之大，以致群山皆与我一起放声大笑。此时此刻，我这项疯狂计划完全显露出其可笑荒谬之面目。

倏地一道阳光射入，照亮一扇断层山脊，一抹微笑闪过峭壁顽固深锁的额头。亮光迤逦到我脚前，仿佛画出一条道路。我猛一俯首下望，赫然发现有怪兽般的足迹深深刻在岩石之中——那是巨人的脚印！

我的心在胸腔中狂跳起来。“怎么可能？！不可能的！”我一面喃喃自语，一面跟着足印在地上所刻出的路径前行。足迹领我来到一条狭窄的隘道，上头岩石满布。山壁上一道岩缝笔直划下，裂口整齐利落，宛如铁斧劈砍在质地松软的木柴上一般。这惊险恐怖之通道，两侧高耸的山壁令人头晕目眩，遮蔽了天光。我缓缓向前，每踏一步都谨慎小心。天际线终于扩展开来：我隐约辨识出，在石门上方有一座宽广无边的山谷，四周环山，几群巨大的岩块零星散布。

当天晚上，我在一座断层岩下扎营，然后出发前往山谷探险。那里的岩块形状千奇百怪，其中一座特别吸引我注意：该巨石呈象牙色，顶端浑圆，还有几个坑洞凹陷，状似眼眶——那是一颗头颅。“巨人的坟墓！”我心想，“目标就在眼前！”在历尽千辛万苦，几乎失去一切，并饱尝疑惑煎熬后，我终于抵达了这个被无数传说歌咏颂赞的神奇国度。

那真是个承蒙众神赐福的美好日子，我把那天剩余的时间都奉献给高尚的科学工作：一会儿在这里测量一具半露在外的骷髅，记录它惊人的体积尺寸；一会儿在那里描绘几幅美丽的风景。眼前的景观，我要不惜任何代价留存下来，作为永久的纪念。

观测记录这座山谷地形的工作花了我整整一个月的时间。我一共结算出一百一十具骷髅，不过据我研判，地底下应该还埋藏了更多。其中极令人讶异的是，有些头颅上面竟戴着岩石制成的帽子，这表示石帽是他们用于仪式典礼中的物品。这一切应可追溯到三千至四千年之前。至于这支民族陨落的原因，依旧是个谜。

山谷的东北方向内弯曲，地势逐渐攀高，状似半圆剧场，最后形成一片高原。我一层一层地攀登上这巨大的阶梯。至此我已有很长一段时间以苔藓或树根拌上少许糖为食，渴时啜饮从岩石缝中滴出的水，以此过活。我疲累不堪，不知时辰岁月；抵达高原时，几乎失去了意识，半梦半醒。那里有一根根大柱擎立着，仿佛支撑着天顶。此时我已用尽了最后一分力气，眼前一片漆黑，遂跌入昏眠深渊。

大地微微晃动，但我虚弱得无力招架。一道冰冷的阳光逼我掀开眼帘，却随即消逝，没入一根大石柱的阴影里。太可怕了！这根石柱竟俯身倾向我。他哼着歌，而那歌声居然轻柔无比，令人难以置信。难道我的理智已衰退至这般田地？这是梦吗，还是幻觉？

不由自主地，一股焦虑不安的情绪揪紧我胸口。我的嘴唇动弹不得，喊不出声，说不出字。骨瘦如柴的身躯在热病的全面侵袭之下，颤抖不停。

有个东西将我举到空中。四颗巨大的头颅环绕着我，每一颗上面皆布满刺青图腾，他们目不转睛地盯着我看。我再度失去了知觉。

等我清醒过来，已是许久之后。而这一回，我确定一切噩梦都已结束，最美的梦境终于成真——这里正是辽阔的巨人之国。

想必他们曾悉心照料我，因为所有疲惫皆已离我远去。相反，我全身上下都舒坦无比，而且立时就能顺利与这些大巨人相处，感觉几乎是轻松自然。他们的声音柔细如美人鱼，展现出最热忱的善意来接待我。接下来我所要做的，就是认识他们，了解他们。这项任务非常适合地位显赫的阿契巴德·雷欧波·罗特摩尔！

自相遇以来，他们就把我当成孩子般照顾。我还记得我们最初几次在那些无眠的漫漫长夜中的交谈：整整好几个夜里，他们的声音交织唱和，一个又一个地，呼唤每一颗星星。那曲调流畅且繁复，主题一遍遍重现，以低沉乐音当背景，缀上精巧变奏为装饰。纯净的颤音，和水晶般清脆的抒情咏叹，织成一篇美妙的乐章。

天籁般的音乐细腻无比，只有轻忽大意的耳朵才会觉得它单调。乘着这股柔美乐声，我的心灵超越藩篱，翱翔到了九霄云外。很幸运地，过去我曾长期观察星象运行及天体的变化。于是我着手编订一套双语辞典，为每一个星座冠上对应的乐句。

他们共有九人，五名男巨人加上四名女巨人。每一位的身上，从头顶到脚底，都布满了彩色饰纹，甚至连舌头和牙齿也不例外。那是一堆毫无章法可言的缭乱花纹，由各式各样的线条、涡形、网纹、螺旋和点线组成，结构极为复杂。然而经过长时间专心注视，我发现在这疯狂的迷宫阵中，有些图像依稀可辨。其中有树木、植物、动物、花草、河川与海洋，宛如一首大地乐章。而画在他们身躯上的乐谱，正好与夜空下的祈祷颂唱互相呼应。但我仅剩下两册空白笔记本，怎能巨细靡遗地记下这一切？！我只好尽可能地详加书写、仔细描绘，最后我记事本上的纸页几乎可当成巨人皮表的翻版。

巨人们看我如此又写又画，辛勤工作，感到十分有趣。对他们而言，这好似一出永远看不腻的表演，而我也才恍然大悟：原来，他们之中没有任何人懂得画图。

那么，从脚底攀延到头顶的这些刻痕，究竟从何而来？巨人之中最高大的一位是安塔拉，他宽阔的背上绘有许许多多的饰纹。我曾在其中发现九个人像，根据我的判断，这些图像所呈现的，正是他们这个巨人族群。而在最近这段时间，第十个人像正在族群中逐渐显现。起初，影像并不清楚，后来则愈发清晰可辨——这个人比他们矮小，而且还戴着一顶高帽子！

此外，无论周遭发生多么微小的变化，巨人的肌肤仿佛都会做出反应：微风拂过，就起疙瘩轻颤；阳光洒落，便闪耀着和煦的光芒。有时如湖面一般波光粼粼，有时则染上怒海风暴的诡谲晦暗。

于是我终于明白为何他们总以同情的眼神看待我。不仅因为我身材矮小，最令他们难过感伤的，其实是我喑哑的皮肤——我是个没有言语的人。

他们极少进食，仅靠植物、土地及岩石度日。看他们用页岩做出美味千层派，还在表面撒上云母片，或当他们流露出饕客的贪婪目光，紧盯着一块玫瑰色的石灰岩时，我总觉得十分好笑。

他们指引我辨识一些可食性植物，充作我的日常餐肴，如此持续将近一年。最特别的是，他们让我品尝一种高汤，但坚决不肯透露做法。将此汤缓缓铺陈舌上，口感宛如软泥沉淀大河，滚烫得如火山熔岩，食后会在口中残留一股森林的泥土味儿。烹制此汤主要的材料是“巨人草”，那是一种无法被归类的植物，我曾在一部极为古老的作品中见过，但其画法表现却显得拙劣。我个人将它分成四类，并抢先命名为：巨型罗特摩尔曼陀罗、巨型阿契巴德曼陀罗、巨型雷欧波曼陀罗和巨型亚美莉雅曼陀罗……

到了冬天，他们领我到一座石造小屋，并从衣篷撕下一角，给我充当盖毯——那布料绝无仅有，以各种草木苔丝编织而成。瀑布自他们宽阔的肩膀奔泻而下，远远望去，他们的身影有如满布森林黑木的岩石。他们所佩戴的珠宝是又沉又重的琥珀块，而那支用断裂树干制成的大头棒更是从不离手。

为了追溯他们的身家源头，我陷入无穷无尽的迷惑深渊。他们是不是亚特兰蒂斯族的末代子孙？为什么他们没有子嗣？他们会不会有一些远亲，存活在世界其他人迹难以抵达的区域？

我在杰欧的皮肤上数算出许多星座及天体，哈雷彗星共出现过四十一次。加总起来，这表示他已活了三千年以上！他们的手腕上有一条条规则的饰纹，我解读出那标示着清醒与睡眠交替的周期。根据我的计算，他们沉睡约两百年之后，可维持至多三百年的清醒。

春季到来，日复一日，我成天看他们风度翩翩地竞赛较劲：在其他族人歌唱声的鼓励下，人人尽情炫技，展现自己的灵活、巧妙、力气及威风。比赛项目有丢掷岩石、跳远、舞蹈或互斗。夜幕低垂之后，他们欢乐地庆祝四季循环、星体运行，和风火水土等元素配对交合，相对相成，生生不息。

他们看来幸福快乐、美满无憾且永恒不朽。但是，对这些过于悠扬的歌声和没完没了的比武扬威，我终究厌烦了起来——因为，很显然，我并没有办法融入其中。我既望不穿闪耀的山巅，也觅不着伦敦珍珠灰色的天空。至此，我与他们共处已近十个月之久……

巨人朋友们不费吹灰之力，立即发现我的心情起了变化。他们自己也希望送我踏上归途，因为，大竞赛结束后，随之到来的是情爱游戏的季节。之后，他们那常顶着蔚蓝天空或消失于云雾中的巨大头颅将倚在粗壮无比的短棍上，合上眼皮，进入深深的沉睡，做起永无止境的梦。

告别的时刻来临。他们每个人送我一块金黄色的琥珀，而每一块琥珀似乎都被赋予了一种神奇的魔力。我则回赠每人一尊小小的手捏系绳土偶，做的是那戴着高帽子，常常逗他们发笑的古怪小人。安塔拉和杰欧负责护送我，一直到他们所能到达的最远之处。最后一次，我回首凝望我的朋友们，眼眶中充满了泪水。

据我估计，我们可以轻而易举地穿越青藏高原，抵达中亚大草原。

我乘坐在他们的肩膀上，眼看景物在四十英尺深的下方一幕一幕飞快移动。他们每跨一步的距离，约莫能涵盖一整座村庄。

他们于夜晚奔行，迅速且无声息，仿佛云朵乘风飘移。日间他们则平躺下来，化作一座丘陵或青苔覆盖的岩石。而这两三夜以来，他们注意到远方有一支商队，正朝我们的方向直行而来。他们在我手心里塞了几块天然金石，至今我仍记得当时的惊讶：他们怎么会知道人类如何使用这种贵金属？我满怀悲伤不舍，与他们诀别。安塔拉的脸颊上滑落一颗好大的巨人泪珠。

尚未见到商队现身，就已听得嘈杂鼎沸。大批人马淹没在滚滚尘雾之中，声势浩大，宛然是一座移动中的城市。待他们接近些后，我认出那上下波动着的黑沉沉的，是一大群装载沉重的骆驼，跨坐在驼背上的骑士们个个裹着厚重的外套。

偶尔，一名骑士以小快步从队伍中冲出，将偏途的牲畜赶回群阵中，有时是头初生的小羔羊，有时是匹冥顽不灵的老马。另一名骑士则站立在他的丰毛小马上，从地平线尽头阔步奔驰而来，手中挥舞着单枪匹马猎擒所得的战利品。而这一整个商队又喊又叫，一会儿牛吼，一会儿鬼号，羊啼骆驼鸣，一切喧嚷都笼罩在刺鼻的汗臭、牲畜粪便和凝固的干酪味中。那闷热的气息里，蚊蝇斑斑成列。我又回到了人类的世界。

我手上的盘缠充裕，所以不费吹灰之力就取得了马匹和行李。

我随商队行进了大约七百里路，越过大草原之后，便斜朝伊尔库茨克的方向前去。那儿有一位与我素有鱼雁往返的友人，已做好万全准备接待我，而我却一心只想尽快回到英国。无论他如何费尽唇舌，描述在这初冬时节横渡西伯利亚可能遭受的千百种危险，我仍不肯让步。最后他只好替我弄来马匹、一部雪橇、一辆雪车，以及各种必要的安全通行证，以避免相关单位恶意关切刁难。我一抵达莫斯科，随即赶往圣彼得堡，速度之快，创下前所未见的纪录。且一待情势许可，我立即搭上驶向英国的第一艘船。

在整整过了两年七个月三周又十五天之后，当我再次跨过我亲爱家园的门槛时，那份喜悦真是笔墨难以形容。

亚美莉雅投入我的双臂间，泪水在脸颊上淌个不停。我虽骨瘦如柴，面带土色，但终究让她放了心——因我觉得自己状况极佳，且神采奕奕。

隔天，阿契巴德·雷欧波·罗特摩尔立即投入工作。我一言不发，一再拒见所有的贵宾。任何不速访客，一概吃闭门羹，令大家讶异不已。世界回归到我的办公书房，令人心安。挂钟连串报时，纸张上，我的墨水笔奋力疾书。

此著作于 1858 年 8 月 18 日问世，一套共九册。前两册呈现出一份完整的研究成果，并添加许多与巨人相关的神话传说，可以评论与注释，如泰坦族、亚特兰蒂斯族、独眼巨人族、巴达贡大脚怪等等。

第三册书中列举大量见证事迹及游记描述，凡能从中挖掘一点巨人族群存在之蛛丝马迹者，皆被列入。

在第四册及第五册中，我现身说法，叙述自己所发现的巨人族，巨细靡遗列出该族群所有风俗习惯。其中一部三千字的《吟唱之词》辞典，使读者得以一窥巨人族天籁般的语言。最后，我请来全英国最优秀的版画师负责承制四大册的插图：我一面暗暗嫉妒他们传神的工艺，一面严格把关，要求他们忠实再现我的画作手稿。

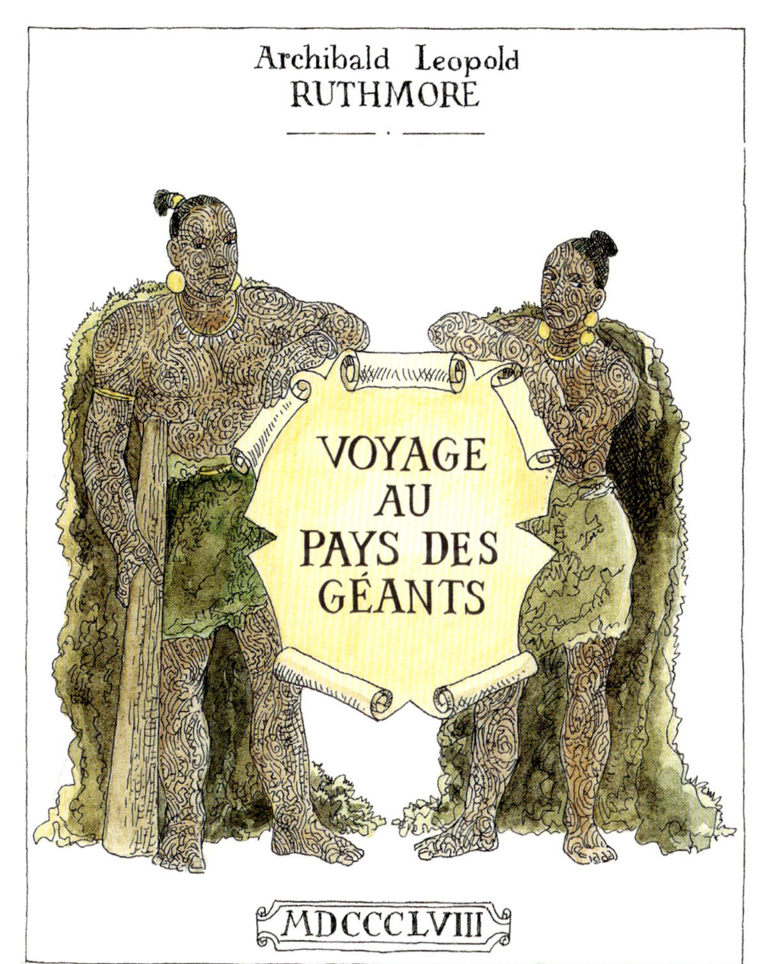
Archibald Leopold
RUTHMORE
VOYAGE
AU
PAYS DES
GÉANTS
MDCCCLVIII

这套作品获得极大好评，尽管也同时遭受着科学界无情猛烈的抨击。我熟识多年的探险家俱乐部将我拒于门外；皇家地理学会把我列入黑名单；至于报章杂志，它们则以醒目的大字标题大打笔仗——“江湖骗子！”“本世纪最伟大的发现家！”

我不便在此直言，眼见这一团由小心眼、嫉妒和无知组成的混乱，心中其实多么畅快！我也安慰自己：所有伟大的发现家在世时免不了要历经愤恨或轻视的目光。由于这场风暴，我曾以为坚固的友情纷纷黯淡远去。不过，很幸运地，我还是获得了某些杰出同侪的声援，如查尔斯·达尔文即亲自写信给我，表达支持及志同道合之意。法国颁赠我“巨大人类学”荣誉教授职位，并特别为我在索邦大学开设这门课程，但是，与某位巴黎首长坚持一定要别在我礼服翻领上的勋章一样，它们皆遭我婉拒。

PL III
A
B
C

PL IV
Mandragora G. Ruthmora

攻击言论自四面八方而来：沉睡好几个世纪，生命机能却没有出现致命的迟缓现象？怎么可能！这支仅剩九人的失落部族，真是天大的笑话！夸称会自行画出图腾的皮肤，根本是凭空捏造！还有那些舞蹈和煞有介事的作战演习，倒可用来让地球自转出现紊乱，或引发一连串地震！

然而，这一切欲加之罪，以及永无止境的笔战，只让我的信念更加坚决。这群浸淫于劣质平庸知识中的井底侏儒！无论如何，我一定会教他们睁开眼睛：我必须对得起事实真相，不负科学真谛，他们终究要臣服听从于我，我——阿契巴德·雷欧波·罗特摩尔，高谷巨人族的发现者暨发言人！

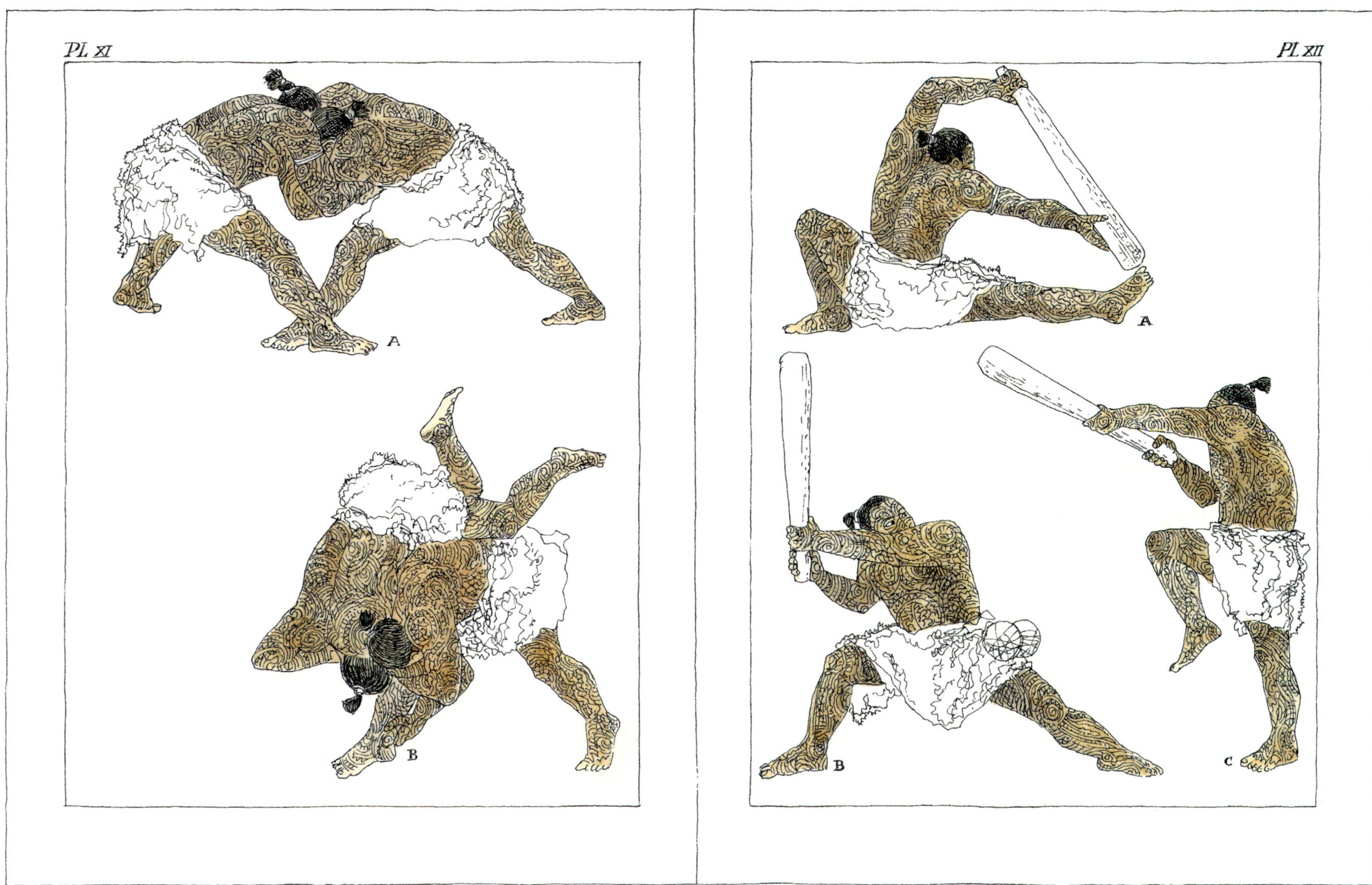
Pl. XI
A
B
Pl. XII
A
B
C

于是，我走遍全国，着手进行巡回演说。我进入一座又一座爆满的剧场讲堂，迎接我的是如雷的掌声与嘘声。抗议如潮，哄闹喧嚷，直涌至讲台下方。帽子四面八方乱飞，争吵打架处处爆发，我经常得由地方警察护送，从秘密暗门隐身而退。

在纽约市长的邀请之下，我前往美洲新大陆，面对满厅学者，捍卫我自己的学说。那是一场凯旋。他们愿意相信我，帮助我，鼓励我。各方资金涌进，很快，我已筹集足够的金钱，得以再进行一次探险。

与我一起踏上这第二趟旅行的，除了一位同事之外，还有一位年轻画家——他对这次冒险跃跃欲试。在马达班，我们的抵达引发极大骚动，原来我的声名早已先一步流传至此。当时，缅甸南部已由英国统治，而我那位干走私勾当的朋友非常懂得利用情势。他负责举办一场小庆典。城里的名流齐聚码头迎接我，所有人都想和我热情握手。我被众人围绕、摇晃、推挤，当作英雄一般，簇拥上一座荣誉礼台——有份惊喜正等着我。

于是，在喇叭齐鸣、锣鼓喧天之中，我看见，三对牛拉着一辆华车，巨人安塔拉尊贵的头颅高栖其上，朝我直驶而来。

顿时，我耳中再也听闻不到热闹吵嚷，一阵寂静将我包围，这片无声来自反抗、嫌恶、痛楚，令我摇摇欲坠。然后，我听见，从这悲伤的深渊谷底传来一个声音——啊！我多么熟悉的声音——以他那美丽的音乐之语责备着：“你就不能谨守沉默？”

人们自愿陪我进入当初历尽艰难发现的国度。一条新开辟的道路穿越丛林直达境内。

我朋友们的尸体，那么巨大，却又显得微不足道，宛如一具具搁浅受困的鲸鱼身躯。在他们身旁，已有许多人忙碌穿梭。其中有虚挂头衔的假学者、名副其实的真恶煞，还有各式各样的走私贩子。每个人都希望从这几尊遗体上找到好处，能向位于远方的某座博物馆捞取利益。我竟必须悍然宣战，才能叫他们滚回山谷、销声匿迹——那时的我怒不可遏且痛苦至极，暴烈的程度无人敢当。

我抱着沉重的心情，最后一次凝望他们华美的肌肤，曾经那么绚丽耀眼、波光粼粼。而这一切却毫不迟疑地消失了，犹如珊瑚海中闪亮的鱼儿，一旦被人钓起，便立即褪去了颜色。他们最美丽的秘密随之而逝，包括我们那一段背叛了初衷的友谊。

在我内心深处，我很清楚，正由于自己的愚蠢，执意揭发他们温和隐秘之存在，才会造成这场可怕的不幸灾祸。对他们而言，我那套书显然比一整个炮兵团更具杀伤力。九名望着星星做梦的巨人和一个被荣耀欲望蒙蔽了双眼的小人……

我们的故事，不过如此。

于是阿契巴德·雷欧波·罗特摩尔就此封笔，不再写作。他捐出全数藏书，并由亚美莉雅接管他的房子及剩余财产。他过起航海生活，当个小小的商船水手，不再放眼全世界，只要碧海与蓝天。他的双脚磨出角质，因为时时紧抓粗绳，双手也结满了厚茧，行走的步伐则永远如船只一般摇摇晃晃。

每到一个港口，他便请人在身上刺青，刺上一则故事、一段传说，或一首歌曲。而在傍晚时分，偶尔可在堤堰上遇见他，身边围绕着一群孩童，个个把鼻尖凑向他。他对他们叙述数不尽的旅行经过，以及海洋与大地之壮丽。然而，他却从不曾对他们提起，藏在他航海盒底部的那件奇特物品——一枚巨人的牙齿。

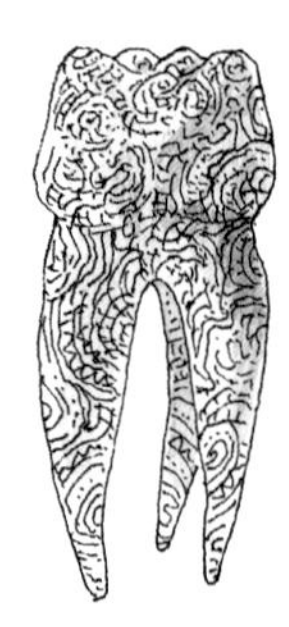

普拉斯对读者实在太友善——他相信仍有发明、创造的空间，相信在这个冷酷、暴力且快速运转的世界里，还可能存在着近乎童稚的纯真。

——法兰斯瓦·波（François Bon，法国知名作家、评论家）

关于作者：
法兰斯瓦·普拉斯
François Place

出生于 1957 年，在埃蒂安纳学院（école Estienne）主修视觉传达，并曾从事动画创作。普拉斯热爱阅读各种历史方志、地图、旅志，《最后的巨人》为其成名之作，这部图文相辅、以优美笔调描述探索未知世界的探险寓言，被翻译成多国语言出版，在欧美获十多项文学大奖。

普拉斯著作等身，其中有独立的图文作品，也常和其他作者合作，插画作品常见于伽里玛出版社（Guides Gallimard）的许多青少年书籍中。其著作中最为人称道的，还有囊括多项青少年图书大奖的《欧赫贝 26 国幻游记》。

关于译者：
陈太乙

法国图尔（Tours）大学法国现代文学硕士，法国格勒诺布尔（Grenoble）第三大学法语外语教学硕士暨语言学博士候选人。曾任中学及大学法文兼任讲师。喜欢读书，快乐翻译。译有《蓝色小药丸》《欧赫贝 26 国幻游记》等书。

图书在版编目（CIP）数据

最后的巨人 /(法) 法兰斯瓦・普拉斯著；
陈太乙译. -- 北京：北京联合出版公司, 2019.10（2022.9 重印）

ISBN 978-7-5596-3574-7

Ⅰ. ①最… Ⅱ. ①法… ②陈… Ⅲ. ①儿童故事－图
画故事－法国－现代 Ⅳ. ①I565.85

中国版本图书馆CIP数据核字(2019)第190977号

Title：Les Derniers Geants
Author：François Place

最后的巨人

著　　者：[法] 法兰斯瓦・普拉斯　　**译　　者：**陈太乙
出 品 人：赵红仕　　**筹划出版：**银杏树下
出版统筹：吴兴元　　**特约编辑：**李茵豆
责任编辑：管文　　**营销推广：**ONEBOOK
装帧制造：墨白空间

北京联合出版公司出版
(北京市西城区德外大街 83 号 9 层 100088)
天津图文方嘉印刷有限公司印刷　新华书店经销
字数 90 千字　889毫米 × 1194毫米　1/16　5 印张
2019年10月第1版　2022年9月第3次印刷　印量 8001—11000
书　号: ISBN 978-7-5596-3574-7
定　价: 60.00 元

读者服务：reader@hinabook.com 188-1142-1266
投稿服务：onebook@hinabook.com 133-6631-2326
直销服务：buy@hinabook.com 133-6657-3072
网上订购：https://hinabook.tmall.com /